你要好好照顧自己，
會有個人穿越洶湧人潮來到你身邊。

後來的你，
好嗎？

the old days

序

偶爾我會在深夜裡翻翻那些舊照片，一旁的日期和註解，記錄著生活，解答著一道又一道的複雜難題，那時候的自己，有時勇敢，有時也比誰都還膽小。

在寫這本書的途中，我的奶奶離開了。在她人生最後的那段日子裡，罹患了阿茲海默症，還記得從前她最喜歡喊著我的小名，要我陪她一起坐坐，聽她說著年輕時的往事，歲月像是被風吹成了一頭白髮。

後來，有很長一段時間，奶奶漸漸地不再說話，常常對著窗外發呆，偶爾喊著童年時的名字，那段時間，沒人知道她在想些什麼。每次看著她的背影，我總是在想，在她遺忘的世界裡，靈魂，或許真的能越過時間變成永恆的思念。

生命的路程裡，人們來來去去，一直到重要的人離開了，才意識到自己不該再把時間浪費在那些無關緊要上，無論是人或事。

後來的你，好嗎？

在路途中，有時會想起某些人，無論還在不在身邊，心裡會不禁浮現出那句：「後來的你，好嗎？」

這句話在此刻，也許不一定代表著思念，有可能是一種階段性的結束。你接受他是你生命裡的一部分，而你不再將過往剪去，你們彼此已經走上了各自的人生軌道，所有的過程都將會是生命中的不可或缺，無論快樂或悲傷的。

這是一本寫在青春裡的日記，裡頭也許有你也有我；這世上有好幾萬種不同面貌的自己，過著類似卻又不全然相同的故事。我希望能陪你走到故事的結尾，在那裡我們能微笑面對彼此，在人潮擁擠的城市裡，緩緩走來，擁抱彼此，再揮手道別，為了下次的相見。

希望後來的你，一切都好。

目錄

嘿！親愛的自己，
把接下來的日子活得更美好吧！

後來的你，好嗎？

有些人和事並不是真的忘記，只是不再想念罷了；
那些回憶並不會消失，新的故事才正要開始。

那時候還太年輕，嘴上說著珍惜，卻滿臉任性；
漸漸地在人群裡失散彼此時，
才發現時光一去不復返。

揮霍了青春，離開的都是人生。

總是回首的人，走不遠；時候到了，該翻頁了，
別忘了翻頁後的新篇章，也是屬於你的。

你現在過得好嗎？

夜暮下的多瑙河像是一首藍色的詩，
燈火闌珊的夜色正溫柔喚醒著人們的想念。

「嘿，親愛的老友，你一直都在，對吧！」小美搭著夜班的飛機，對著窗外最亮的那顆星星呢喃著……

二〇一九的冬天，阿川獨自一人去了歐洲，為期三個月的旅行途中發生了一場意外，最後是在早已被白雪覆蓋的山谷裡找到了他；幾個禮拜之後，他在前一個城市寫的明信片，正好分別寄到了我和小美的身邊。

那時候，小美和阿川的關係其實有點緊張。兩個人從認識以來，一直把彼此視為家人；但這幾年，小美因為和男友的感情問題，變得越來越沒有自信，甚至任憑感情傷害自己。一開始我和阿川都只能柔性勸說，畢竟感情這種事是個人的選擇，成長和傷害都得自己扛，就算是再好的朋友，也只能在一旁默默守候，等她有天需要我們的時候，她會知道，我們一直都在。

只是小美的事情越演越烈，最後阿川實在看不下去，想盡辦法只為了幫助小美，卻導致兩人開始有了爭執。以前他們無論怎麼吵，最後都能和好如初，但或許是兩個人都累了，一個甘願被傷害，一個無力再付出。我想，這才是壓倒他們友情的最後一根稻草吧。

小美出發前往歐洲的那天晚上，我陪著她到機場，在出境的入口處前，我和她說記得寫張明信片給我，如果有空，再順便去布達佩斯

的鎖鏈橋上，幫我拍幾張多瑙河的照片，就當是為我留個紀念。小美忍不住給了我一個白眼，但最後還是深深地點了頭。出境前，她回頭和我揮手道別，不確定自己是不是想太多，當時小美的眼眶裡，似乎泛著快流下的淚水。

那天我走出機場後，找了地方坐下，對著夜空發了個呆。想起幾個月前，阿川從布達佩斯寄來的那張明信片，夜暮下的多瑙河像是一首藍色的詩，燈火闌珊的夜色正溫柔喚醒著人們的想念。

不知為何，鼻頭一陣酸，本想控制自己眼淚流下的衝動，卻怎麼止也止不住。我抬頭望著天空，夜班的飛機正緩緩劃過一道天際線，穿越思念的雲海，留下了一條隱形的回憶線。心中不禁想起了幾年前，曾有個男孩失去了一個重要的朋友，獨自一人飛越天邊，去了好多好多地方，明信片上的字跡彷彿還在昨天，照片上那個笑得燦爛的男孩，你現在過得好嗎？

此刻的你，已能自由自在地飛翔了吧，願你曾經的那些思念，都能隨著溫柔寄到想去的地方。

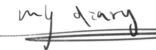

別抵抗了，就順其自然吧！

如果真的感到無能為力了，那就順其自然吧。

這是好幾年前的某個下午，我坐在台東海邊的堤防上寫給當時自己的一句話。那個時候，生活中遇上了一波又一波的打擊，心裡的狀態不是很穩定，偶爾和別人交談的過程中會突然不想說話，整個人像是無法呼吸那樣，只想逃離過於歡樂的現場，眼前那些面帶尷尬的表情，像是加劇了心底某處即將爆發的情緒。

所以有段時間，我最常做的事就是一個人去旅行。在那樣的情況下，可以好幾天不用刻意和任何人交談，去陌生巷弄走走、去聽陌生人的街頭表演、去看看一望無際的大海。或許是海浪聲的頻率讓我有了這念頭，心底有個聲音告訴我：「別抵抗了，就順其自然吧。」

會這樣想並不是真的打算放棄正在抗衡的困境。而是我想著，既然已經沒了退路，不如就試著正面地去擁抱和面對它。有點像是游在眼前這片大海裡一樣，面對生活不斷給你的起伏浪花，你花了越大的力氣去抵抗，越弄得遍體鱗傷。或許這次，你溫柔地順著洋流而去，反而能從另外一端探出頭，浪花的另一頭是一片陽光燦爛，而我相信，你一定能更自在地游到那個想去的地方。

如果原諒可以是容易的，

那困難的都是回到最初的狀態。

這世界所有的黑暗裡，總有一縷光芒，
能治癒你所有悲傷。

時間或許是最無辜的，世上好的、壞的都可能歸咎於它。

時間，從來都沒有立場，
它不負責你的傷痛，也不負責治癒你的心靈。
你要記得，是你自己的勇敢和堅強帶著你走到了這裡。

偶爾我在旅行的途中，遇上了為生活而努力活著的人，

我告訴自己，與其活得平凡，

不如就放膽讓自己拚盡所有的力氣，好好地活一次。

2 / 13

一見鍾「情」

像是在人海裡的一座孤島，前方正有個人撐起了帆，
悄然地來到了生命之中。

阿川和小美兩人從國中認識的那天開始，便成了眾所周知的好朋友，但他們並不是同學，而是在校外的一間唱片行認識的。

國一那年，阿川全家從南部的一個小鎮搬到了臺北，我是他的鄰居，也是同班同學，大部分放學的時候，我們會一起走路回家。他曾說他有一個夢想，就是希望有一天可以成為一名歌手；從那時候開始，我們有空便會相約一起去學校附近的唱片行閒晃。

走進唱片行，各式音樂曲風被整齊地歸類著，小美頂著她造型帥氣的髮型，一臉酷樣地站在最冷門的角落，戴著耳機正專心試聽；一旁的阿川似乎早已注意到了小美，我連忙對著小美揮手，也順道介紹了兩人認識。

小美是我的小學同學，前陣子因為有個學長想認識她，從中牽線的我，因緣際會下又開始和她有了聯絡。小美的個性古靈精怪，大多數的人第一眼見到她，都會因為她的「怪」而產生距離感，包括我那個學長，因此後來他們也不了了之。

但奇妙的事情發生了，阿川是我第一次見到，不會被小美的冷酷外表嚇跑的人；兩人一見到面的當下，巧合地同時拿起架上的一張唱片，像是久別重逢的老友，毫無保留地和彼此分享了許多心情。
小美一臉酷酷地說：「喔，你也有在聽老歌喔？」

「對啊，這一張專輯我很喜歡。」阿川說完後，又朝著架上拿起了另外一張唱片。我還記得，當時阿川手裡拿著的那張唱片是路易‧阿姆斯壯 (Louis Armstrong)。

小美瞬間張大雙眼，激動地說：「天啊，這也是我很喜歡的一張！」阿川隨意地哼了一段，小美也馬上跟著哼了起來——

"I see trees of green, red roses too
I see them bloom, for me and you
And I think to myself
What a wonderful world"

那是我第一次聽見阿川唱歌，看似醜覷的外表，卻擁有一副磁性又溫柔的嗓音，像是微風吹拂的麥田上，有個男孩正隨風奔跑。

那一刻，我看見藏在小美冷酷外表之下的溫柔，像是在人海裡的一座孤島，前方正有個人撐起了帆，悄然地來到了生命之中。

最讓我印象深刻的是，原來這世上真的有人，在第一眼見到彼此時，便能知道，你們將成為往後那無話不談的好友。

有沒有那麼一個人，讓你突然間想到彼此的回憶時，
嘴角還是會不自覺地上揚。

步伐相同的人，
走在哪裡都是最美的風景。

喜歡和你在一起，

是因為即使只是沉默地待著，也不會感到寂寞。

那天你在深夜裡問我：「你以後想成為什麼樣的人？」
當時的我沒有回答，現在的我想和年輕時的我們說──

「我想成為我自己。」

我想，這是我能給你最好的答案了。

後來的你，好嗎？

好朋友

我知道，她只是想要昭告全世界，
我們三個是拆不散的好朋友。

這世上有很多人，有喜歡你的、也有討厭你的。像是夜裡沒人注意過的浪，來回拍散了灘上的沙，唯獨那個最理解你的人，自始至終，從未隨著浪潮離開過。

幾個月之後，阿川和小美告白了，但小美和阿川說，她把他當成一輩子的朋友，或許當朋友會比當男女朋友好。阿川和我說了這次失敗的告白，這件事只有我知道。

所以我在他們面前裝作不知情，本以為接下來的日子會變得尷尬，但沒想到，他們兩人似乎因為見過了彼此最赤裸的感受，感情反而變得一天比一天還要好，當然，是以朋友的關係。

國三那年，我們三個人常常坐在西門町的街頭比劃著未來；我們還相約好，目標是考進同一所高職，一起唸書一起玩，誓言要做好朋友也要做好同學。但最後，只有我和阿川考進了同一所學校，小美選擇另外一間藝術高職。

高一的時候，小美被星探挖掘去拍了廣告。那時候，只要是電視的廣告時間，常常都會看見她古靈精怪的模樣，在螢幕裡顯得特別有魅力。突然間，小美變成了新一代的廣告明星，在我們同儕之間也開始小有名氣。但她依舊維持那冷酷的模樣，一個人在臺北東區的街頭等著我和阿川，三個人像是往常那樣，相約放學後到處閒晃，

她從來都不理會身邊那些對她投放愛慕眼神的同學。

或許是聽說我們和小美如此要好的關係，校園裡也開始出現了許多
負面的八卦。說我們兩個巴著小美不放；還說小美應該只是同情我
們兩個，才跟我們做朋友，諸如此類的謠言滿天飛，學校的社群網
站還出現霸凌的言語。

阿川和我說，這件事我們兩個知道就好，別跟小美說。那是當然的，
所以每次我們三個人聚會時，我知道，同學們的眼神除了對小美散
發的愛慕，更多的是，對我們的不屑和怨恨。

只是我們三人之間，沒有藏得住的祕密。大概是小美注意到了大家
異樣的眼光，再從其他人的口中輾轉得知了這件事，逼問之下，阿
川才把事情全盤托出，甚至連被學校同學網路霸凌的事也說了出來。

從那天開始，小美偶爾會突然出現在我們的校門口等我和阿川放學，
她站在對面的街角，一臉堅定地朝著我們打招呼，雖然她總是說今
天請假拍廣告，工作結束就順道來找我們。

但我知道，她只是想要昭告全世界，我們三個是拆不散的好朋友。

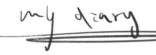

最初的模樣

兩個人在一起的時候,應該是感到自在的,而不只是活在另一方的壓力之下。
當然那所謂的「壓力」也是有好壞之分的。

好的壓力是你們理解彼此擁有不同的價值觀,互相參考;一退一讓的過程中,最初也許會讓人感到有點緊迫,但隨著關係的進展,你們會因為彼此而成為更好的自己。

而另一種「壓力」,是你活在他的價值觀之下,那種只能在他認可的範圍內去發展的壓力,進而演化成你對他的「害怕」。害怕你的成長不如他的預期,所以你渴望變成一個能得到他掌聲的模樣,從中去除了所有他的不認同,改變掉你原本舒適的模樣。

當有天,你幾乎抹去了所有你原本的樣子,越來越難感到快樂時,快樂早就被迷惘給取代了。

最後,你問我,到底是誰的問題。
我說:「不要忘了,最一開始他認識你的模樣,並不是現在這個樣子啊。」

後 來 的 你 , 好 嗎 ?

世道如此坎坷，能遇見那個人是如此可貴。

願身邊有個懂你沈默的人，
我想，這是我能給你最好的祝福了。

青春一閃而過，總有些日子讓人難以忘懷；
像是你陪在我身邊，一起哭泣的那幾個晚上。

即使只是那麼短暫的過程，這輩子永遠都會記得。

後來的你，好嗎？

年輕的時候，友情被分為先來後到。

長大後，經過了幾次傷害，友情已經無論先來後到，

留下來沒走的很重要。

解釋，真的是一件討人厭的事。

愛你的人或許能理解，
討厭你的人，根本不相信。

我們的故事

我們一定要好好地為自己活一場，
那些說了好久的事，明天就去做。

從機場回到家後，我看著牆上的時鐘，再過幾分鐘便是午夜，指針無差別地推著一切往前；貼在冰箱上的明信片像是凝固了某部分的時光，照片上的老友在夕陽下笑得燦爛，潦草的字跡寫著——

「夕陽下的多瑙河很美，會讓人想多停留一會，今天坐在這裡一整個下午，想了一下過去，好像也沒印象中的那麼糟。
旅行了一段時間，開始發現，原來這世界還有好多眼淚我們不懂，你我此刻的煩惱，在某些人的眼裡，何嘗不是另一種幸福。

所以，我們一定要好好地為自己活一場，那些說了好久的事，明天就去做。

PS. 下次一起來旅行啦！

　　　　　　　　　　　　　　　　　　　　　　　　　　川」

深嘆了一口氣，我打開一瓶從冰箱裡拿出來的酒，一個人坐在廚房裡繼續完成要交給出版社的文章。這幾年，網路的部落格盛行，我將那些平時觀察的生活寫在網路上，雖然大部分都只是零碎的片段，但也是影響我生活重要的一部分。小時候曾夢想成為一名寫作的人，這個祕密只有阿川知道。國一那年，放學回家的路上，在他和我說了歌手的夢想後，我回他：「我的夢想是成為一名作家，哪一天等

你出唱片的時候，我來幫你寫詞。」

「一言為定。」我和阿川約定好，便在空中互相擊掌。
傍晚的陽光正斜照在巷口前，青春裡的那雙手被夕陽拉長了影子，
兩個人的友誼被回憶集結成冊。

也許是封塵在心中太久，那個放學後的夢想對我來說，久到連提起
它，都需要莫大的勇氣；但阿川或許不知道，他寄出的每一張明信
片似乎默默地影響了我。

我坐在廚房裡，決定寫下一段故事，故事裡有青春、也有迷茫，是
好久以前的朋友，也是後來的他們。

親愛的阿川，來不及幫你填上的詞，從這裡開始吧！

有些時候，重要的不是怎麼開始，
而是如何結束。

後來的你，好嗎？

某些時候，真希望時間能走得慢一點，

好讓我趕上你離開之前，能好好地給你一個擁抱就好。

如果此刻你感到迷茫，先別急著沮喪，換個方式想，
或許這代表著你心裡還渴望，想去追求。

後來的你，好嗎？

友情

趙又川，你真的是大白痴，我是為了要和你
們一起讀同一間學校啊，我跟你說，我要永
遠和你當最好的朋友。

MAGYAR TUDOMÁN

友情裡也存在著吃醋，而且那感覺並不亞於愛情。

高二那年，小美決定要重考到我們的學校，這意味著，她必須先休學一年，等到我們高三的時候，她才重新開始唸高一。

小美休學的那一年，平時也沒閒著，除了接拍廣告，還在東區的一間潮流服飾店打工。小美的同事看起來都很酷，一身全黑帥氣的打扮，說話很是隨興，情緒全都寫在臉上；他們站在店門口，手裡叼著一根菸，露出手臂腳踝個性的刺青，如果不是小美介紹，可能連開口和他們打招呼都不敢。但人真的不能從外表就輕易判定，因為他們是我和阿川高中那段時間，認識過最真也最善良的一群朋友。

這一年的時間過得非常快，我們放學之後，會跑到小美的店裡等她下班，再一起到附近的小吃攤吃飯、聊天。偶爾跟幾個同事一起去幫助附近的流浪動物，或者聽他們一把鼻涕一把淚地說著自己的人生故事，那真誠的眼神，讓人一輩子都不會忘懷。

那陣子，小美的身邊開始出現許多我們沒見過的新朋友，很多時候，聽著他們談論我和阿川聽不懂的話題，那感覺像是我們和小美才是剛認識的朋友一樣。我們只能安靜地在一旁聽著，仔細地去揣測他們過去發生的事情，卻跟不上節奏，只能安靜地聽；最後，當大家笑的時候，好像還得跟著笑，才不會顯得自己表情的尷尬。

這樣的日子持續了一段時間後，某天，我們一如往常地一起去吃飯，阿川突然安靜了許多，小美大概是發現了異樣，結束後，她勾著阿川的手走在東區的巷子裡，沿途兩人沒有說話，我則是靜靜地走在後頭。

小美抬頭看著被大樓覆蓋一半的夜空說：「喂，你知道為什麼我要轉學嗎？」
阿川只是低著頭說：「嗯。」似乎沒有想問下去的意願。
小美轉過頭看了我一眼，我皺了個眉頭示意尷尬。

阿川嘆了一聲氣，小美沒接話，我們三個人繼續安靜地朝著捷運站的方向走；走到巷口前，小美突然放開了阿川的手，走到他面前對著他說：「趙又川，你這白痴，不要想太多。」

我走上前，把手搭在阿川的肩上，我知道他大概是在吃醋，畢竟我和小美是他來臺北後，最要好的朋友。這幾年，我們之間沒有任何祕密，做什麼事幾乎都在一起，把彼此當成家人般那樣的陪伴著彼此；突然間，小美的生活出現了許多他沒有參與到的事情，還來不及反應的當下，自己反而像是局外人，那種不安的感覺，連我也會有。

阿川板著一張臉說：「我沒事啦，就只是突然不知道可以說什麼。」

我向小美點了個頭，瞇著眼示意她交給我處理。

那天，小美走到了捷運站的入口，下樓梯前，她朝著還站在巷口的阿川喊了這麼一句話，我自始至終都忘記不了。

「趙又川，你真的是大白痴，我是為了要和你們一起讀同一間學校啊，我跟你說，我要永遠和你當最好的朋友。」

我一直沒和小美說，那天我站在巷口，陪著阿川哭了好久。他知道，因為他把妳當成這世界上最重要的人，所以才會這麼任性地像白痴一樣，吃了一場友情場域裡卻不亞於愛情的醋。

後來的你，好嗎？

有些事沉默得太久，
連開口都需要勇氣。

青春裡的雨天，身上沾滿了泥濘，
卻也是回憶裡最純淨的曾經。

那時候的再見，我們淚灑現場，
是因為我們等不及下次的見面；
後來的再見，我們微笑道別，
是我們心底知道，

這次的再見沒有期限。

後來的你，好嗎？

成為那個你想成為的人，

即使看起來是那麼的微不足道，

但它將會是你生命中做過最美的一件事。

又不是所有的答案都必須完美，
失敗和錯誤也是生命的養分。

友情？愛情？

兩人的友誼在任性的青春裡，
像是對世界高舉了一張標語，上面寫著彼此的名字。

畢業前的那幾年，小美和阿川各自談了幾次戀愛，但兩人依舊形影不離，講電話和傳訊息的次數比誰都還多，要好的程度，偶爾會讓他們當時的另外一半有點介意。我還記得，當時小美總是會堅定地和男朋友說：「阿川就像是我的家人，也是我最好的朋友。」那時候阿川也會和交往的對象說出同樣的話。

當然，最後大家還是會認識在一塊，一起吃飯也一起玩，相處的過程中，他們漸漸地理解兩人之間的關係，自然而然的，他們也把阿川和小美視為對方的家人般那樣看待。

阿川畢業那天，小美和他兩人約好一起去西門町慶祝。那個晚上，他們走進了一間刺青店，將彼此的生日數字刺在了肋骨上。
他們開玩笑地說，如果有一天老得糊塗了，也許很多事情都忘了，還是要記得這一天。

在那個如同家人般一起成長的階段，友情大過於愛情；兩人的友誼在任性的青春裡，像是對世界高舉了一張標語，那上面寫著彼此的名字。

畢業後，阿川在追尋夢想的路上，走得不是很順遂。他報名了幾次當時電視上非常熱門的選秀比賽，可是每次到了決賽的時候，總是差那麼一點點，最後還是被淘汰。主要的原因是他的創作過於小眾，

市場的迎合性不夠，但我和小美都知道，他的音樂不只如此。

後來他索性去考街頭藝人的證照，找自己的舞台，唱自己喜歡的歌。

過沒多久，阿川開始到一些獨立的小型 Live House 表演，也是在那時候，阿川認識了當時的女友，她正好是高中的學姐，也是一名音樂創作人，兩人因為興趣相投，感情迅速加溫。當然，學姐很快地也和我、小美認識在一塊，大家就像往常那樣玩在一起。

但兩人交往一年後，學姐開始介意小美和阿川之間的要好程度，無論阿川如何向學姐解釋，但那種不安全感卻像是注入血液般地蔓延，即使學姐和小美也彼此認識……矛盾開始在愛情和友情裡出現，阿川和學姐偶爾會為了這件事起爭執，那時候阿川只選擇和我說，小美並不知道。

之後的週末聚會，學姐也不再像之前那樣每次都參加，每當小美問起，阿川只是含糊帶過，小美不是不了解阿川，從他臉上裝著若無其事的表情，小美或多或少都知道發生了什麼事。

一個月後，小美畢業那天，幾乎所有的朋友都盛裝出席，當然阿川的學姐女友也有來，大家相約典禮結束後去唱歌慶祝，出發前，阿川和小美說他先載學姐回去放個東西，隨後就到。

但幾個小時之後，阿川一直沒出現。當時大夥在 KTV 的包廂裡唱

著一首又一首的嗨歌，每個人隨著音樂舞動著，齊聲高歌；小美一臉不悅地坐在我旁邊，她打了十幾通電話給阿川，從未接到關機，最後小美傳了一封訊息——

「趙又川，我對你太失望了。」

後來，我實在忍不住，便和小美說了阿川和學姐的事。小美並沒有說話，只是默默地喝了幾瓶酒，點了幾首楊乃文的歌，不發一語地就只是唱著歌，唱累了就繼續喝，像是心裡早已明瞭，只是結果和她以為的不一樣。

一直到小美喝醉後，滿臉怒意的她失望地對著全場抱怨，今天是自己的畢業典禮，可是最好的朋友卻消失不見。

最後，她對著空氣破口大罵：「X的，趙又川！叫他們分手啦！」

那之後的幾年，阿川漸漸地淡出朋友們的聚會，似乎也在愛情和友情的矛盾裡做出了選擇。

我知道，當時的小美並不是真的生氣，其實她心裡是很受傷的。

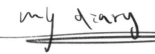

一封關於誠實面對自己的信

我想和你說，你喜歡的事情就算很多人不喜歡，那又如何。大部分的人都在明天之後就忘了，因為他們也想去做自己喜歡的事，所以你好好關注你喜歡的事就好。

你所羨慕那些別人的生活，請將它再看仔細一點，或許你想要的並不是他的生活，而是源自於你內心所想成為的模樣；將那些羨慕轉回內在，把目光拉回到自己身上，去成為自己想成為的樣子，那才是屬於你的生活。

誠實面對自己這件事，一開始或許有點困難。你可能會因為自己內心真實的聲音被討厭，就像你不希望別人對你有不好的印象，於是慣性丟棄自己的意願去迎合他人，不知不覺成為別人口中的「好人」。但那所謂的「好人」並不是你原本的樣子，而是你順著他人的建議和方向而存在，那樣的存在會讓周圍的人喜歡和你相處、對你抱怨和請求幫助，你逃避了自己心中的聲音，卻找不到自己為何不快樂的原因。

後來你開始學會拒絕，並不是所有的人都能馬上適應你原本真實的想法，但無論如何，在這一刻，請你一定要百分之百，誠實面對你

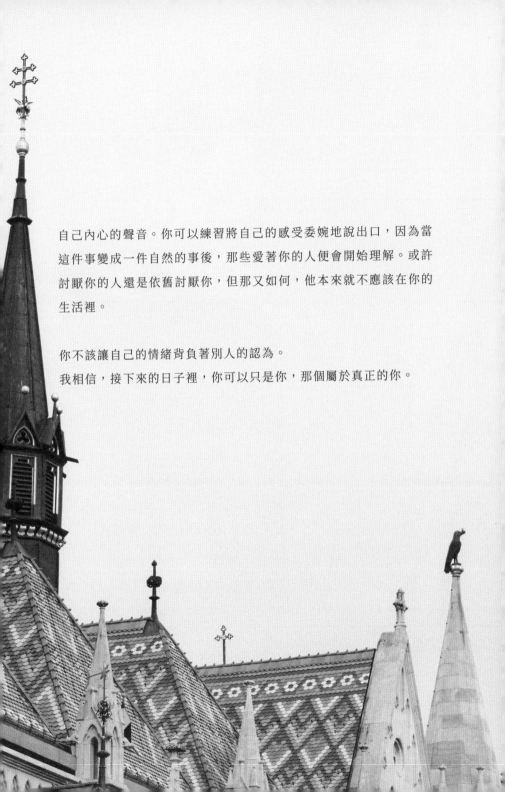

自己內心的聲音。你可以練習將自己的感受委婉地說出口，因為當
這件事變成一件自然的事後，那些愛著你的人便會開始理解。或許
討厭你的人還是依舊討厭你，但那又如何，他本來就不應該在你的
生活裡。

你不該讓自己的情緒背負著別人的認為。
我相信，接下來的日子裡，你可以只是你，那個屬於真正的你。

我們每個人如何對待自己，

都將可能成為你對「愛」的範本。

所以你該好好地善待自己，才能遇見那個也懂得尊重你的彼此。

一個總是滿懷期待，另一個冷淡敷衍，
這也是許多人關係漸漸變淡的關係吧。

很多東西都是慢慢累積出來的，
習慣是，好感是。

同時，失望和離開也是。

後來的你，好嗎？

回憶之旅

那些看似平淡的風景，會讓人不禁慢慢地思索過往，
就像是回到生活的本質那般。

「這裡和巴黎不太一樣，布達佩斯的街上並沒有特別華麗，安靜的街道反而有種生活在這的氛圍。」

小美到了布達佩斯的第一個星期，我們幾乎每天晚上都會通一次電話，但大多數時候只是握著電話，閒聊一些無關緊要的話題。或許是阿川突如其來的離開，讓我們潛意識地想陪伴彼此，即使沒有太多有意義的對話，似乎也能讓對方感到存在和安慰。

這是小美第二次去歐洲，第一次是我和她還有阿川三個人一起去的那次巴黎之旅。那時候阿川曾經和我們說過：「一生一定要和心愛的人去一次巴黎。」小美在電話裡說著，如果一生一定要和心愛的人去過一次巴黎，那布達佩斯就像是一場回憶之旅。

初次見它，你可能會因為它的過於安靜而感到無聊，漫步在這座古老的城市裡，就像是讀著一本被遺忘的故事，那些看似平淡的風景，會讓人不禁慢慢地思索過往，就像是回到生活的本質那般；有時走得太快，一個不小心便擦身而過，你必須放緩腳步地走，才能清楚看見它的模樣。

匈牙利比臺灣慢了七小時，每次午夜和小美通話的時候，是她傍晚的時間；十月份的布達佩斯，早晚溫差非常大，入夜後，溫度會驟降到十度以下。那天小美打著哆嗦在電話裡和我說，晚上打算去超

後來的你，好嗎？

市買些當地的食材回去煮一份熱騰騰的台式火鍋，我也應和了一句：
「能在國外喝上一碗台式熱湯，真的超幸福的。」

結果那天，小美大包小包地回到家時才發現，住處的瓦斯爐壞了。
原本想喝熱湯的心情反而變得更加強烈，但當時已經是晚上九點多，
大多數的餐廳早已準備打烊，餓到受不了的小美決定還是出門找看
看。當時外面的溫度只剩五度，她裹著大衣和棉被，一個人快步地
走在冷冽的街上，鼻子被凍成了一團紅，偶爾一個人走到暗處時，
還是會提心吊膽著。她和我說，其實那時候，她自己也不知道在執
著什麼。

走了好一會，才終於在另外一個街區的巷口找到了一間正準備打烊
的餐廳。小美趕緊奔進店裡，餐廳是一對老夫婦開的家庭料理，老
奶奶因為語言不通，所以和小美揮手示意打烊；當時在廚房的老爺
爺正好走了出來，大概是看到小美一臉又冷又餓的模樣，三個人比
手畫腳了一番，老夫婦兩人不知道彼此說了什麼，老爺爺突然走進
了廚房，過沒多久，老夫婦把剩下的肉湯重新熱過，免費打包給她。

小美和我說，後來她每天晚餐都會來這間餐廳吃飯，大概也是投緣，
小美很快地就和老夫婦熟識了起來。她還特地傳了一張和老夫婦的
合照給我，她說老夫婦曾經有一個女兒，但似乎是在年輕的時候生
病離世的；櫃檯旁邊的牆上掛著的那張全家福，女兒看起來大概只

有二十出頭的模樣。

她說老爺爺的料理雖然看似簡單，味道卻都剛剛好，那感覺像是你坐在熟悉的家裡吃飯一樣。最後再搭配老奶奶手工做的辣椒醬，又辣又香，小美說，如果下次我們一起來，一定要來吃。

說到這，我和小美幾乎同時沉默了一會，兩個人沒有繼續說話。

也許是還來不及適應，那感覺就好像是他還在一樣。阿川，是我們三個人裡面最愛吃辣的。

那天電話裡，小美突然安靜了好久，另一頭的我，懂得她的沉默。

或許就如她說的那樣，這是一場翻閱回憶的旅行。那些看似平淡的生活風景，像是一本被遺忘的故事，有時候，我們都走得太快，一個不小心便和它擦身而過，唯獨當你開始試著去感受生活，放緩腳步地走，才能清楚看見它的模樣。

後來的你，好嗎？

人生有多少個故事能經得起「後來呢」這三個字。

因為那些過去有了現在的故事，寫完的故事終究
會被翻頁，只可惜後來的故事，也沒了你們⋯⋯

ANNA UTCA

一個人如果不夠愛自己，那也很難讓別人好好地愛他。
這幾年，在外工作遇見的人越多，你發現越吸引你的，
都是那些把自己活得漂亮的人。

那無關樣貌，是他愛自己的方式，讓你深深地被吸引著。

這個世代，能交心的朋友越來越少，但能一起旅行的朋友更少。

旅行是一件很私密的事，不是所有的人都能二十四小時相處在一起。途中可能因為習慣不同，而產生裂隙。所以是否能和一起旅行的人找出相處的平衡點，真的很重要；我和旅伴也許是分開旅行再相聚，也可能會互相交換行程。

能找到步伐相同的朋友一起出發，是件超幸福的事。
好好珍惜可以一起旅行到結尾的朋友！

安靜的守護

等她有天傷痕累累地走來，
他會第一個站在她眼前，給她一個擁抱。

阿川和學姐分手了，原因是再也受不了學姐用「愛」的名義去綑綁自己。

他消失的那段時間，兩人為了省錢，一起租了一間位於郊區半山腰的房子。因為住得很遠，除了工作以外，平常沒事都幾乎待在家，偶爾阿川想出門走走都必須和學姐交代，並且經過她的同意，也許是相互依賴的習慣，阿川選擇了退讓。

真正的爆發點，是因為朋友的介紹，阿川的音樂作品被國外一間公司看見，對方希望他能過去他們公司短暫工作一段時間。當時這件事情惹得學姐非常不開心，她雖然一方面說著想支持他的夢想，但一方面又不希望阿川離開她身邊。雖然後來阿川沒去，不過兩人因為這件事冷戰了一段時間，陷在這種自私的來回拉扯之中。

這些事，我也是很後來才聽阿川說的。我還記得那時候，我替他抱不平，阿川只和我說，他從來都沒有怪學姐，因為感情這種事，一個願打一個願挨，所以他也不想再去埋怨什麼。

半年前，阿川決定去巴黎工作，也是在那個時候，他下定決心和學姐分手。

回到臺灣之後，阿川開了一間音樂工作室，事業發展得還算是順利。

後來的你，好嗎？

我常常沒事就往他的錄音室跑，恢復單身的阿川，花了很長的時間和小美道歉，當然，最後兩人還是和好如初。

隨著大家的工作各自開展，忙碌的時間也佔據了生活中的大半。阿川陸續和國際音樂公司合作，三不五時就得去國外出差；小美開始從電視廣告接觸到了一些戲劇角色；我也從廣告公司的小小設計師升職成了主管，同時還經營了一個沒有很多人追蹤的部落格。雖然三人的感情像是又回到了當初，但也不再像過去那樣，可以成天聚在一起。

小美在那個時候認識了現在的男朋友。男友是一名樂團主唱，雖然不是非常有名氣的那種樂團，但無可否認的是，他的才華出眾，舞台上自然又隨興的表演非常迷人，舉手投足都充滿著藝術家的氣質，和小美的古怪性格非常地搭，大家都公認他們是完美的一對。

兩年過去後，小美的感情出了一些問題，一方面是男友的收入不穩定，靠著小美一個人的收入支撐得非常辛苦；另一方面，是因為男友酗酒，疑似出現了暴力行為。

但因為小美從來都沒親口承認，我和阿川也無可奈何。每次看著小美和男友吵架，無論對錯，阿川總會有股說不出口的怒氣，好幾次和小美的男友差點起衝突。那個時候，阿川永遠都站在小美身邊。

只是沒想到，小美和男友和好之後，阿川成了男友口中阻礙兩人感情的箭靶，所有的錯誤變成了阿川一個人承擔，小美雖然會為了這件事和男友起口角，結果依舊一樣，小美在矛盾的關係之中做出了妥協，阿川和她男友也成了所謂的敵人。

那段時間，屬於三個人的聚會逐漸變少，偶爾見面，大家似乎也有了你不說、我不問的默契。為了不想讓問題變得更複雜，小美選擇盡量錯開和阿川的合影，兩個人的友誼像是一本被封印的相簿，開啟了隱藏，鎖進了沉默裡。

阿川面對小美的選擇，從來沒說過任何一句話。他說，因為他知道那是什麼樣的感受，所以他安靜地退到一旁守護著，等她有天傷痕累累地走來，他會第一個站在她眼前，給她一個擁抱。

他知道，要離開一個人，最後決定權還是在小美自己手上。

學會拒絕是一件重要的事。

你的人生並不是為了取悅別人，你當然可以學著為了一個你愛的人付出，但委屈自己而成全別人，在某些不懂得珍惜的人眼裡，你就只是一個傻瓜。

有時候，心軟是一種不公平的善良。但你一定要記得，你的好，從來都不該被誰認可；你的好，要留給懂得珍惜的人。

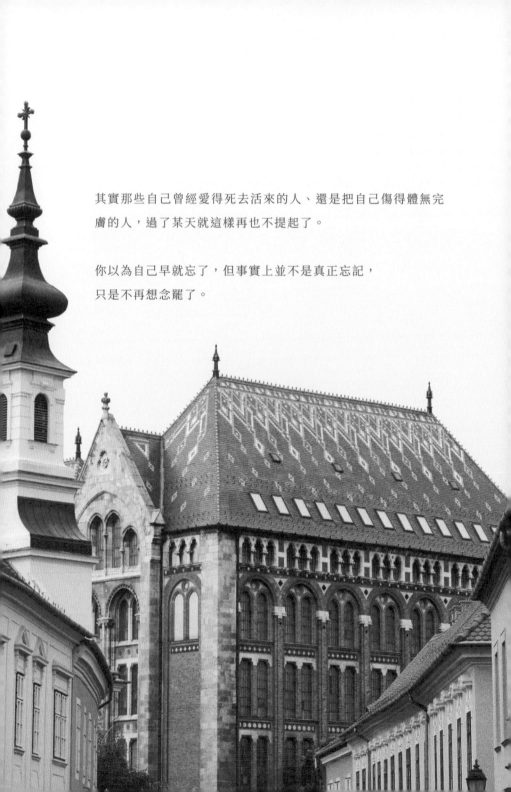

其實那些自己曾經愛得死去活來的人、還是把自己傷得體無完膚的人，過了某天就這樣再也不提起了。

你以為自己早就忘了，但事實上並不是真正忘記，
只是不再想念罷了。

付出太久的那個人，最後也是會累的。

後來的你，好嗎？

沒有百分之百契合的人。

所謂的「合適」也是兩個人的相互遷就，能朝著同樣
的方向一起變好，便是最好的愛情。

導火線

那個總是在人群裡最耀眼的古怪女孩，突然之間
黯淡了起來，雖然維護著她，但心裡不禁疑問著：

「小美，後來的妳，好嗎？」

自從小美和男友同居之後，也漸漸地淡出了我們的生活圈，只能偶爾在幾個朋友的重要聚會裡看見她。那一天，我看見小美站在人群裡，和其他朋友大聲談笑著，看似愉悅的表情，似乎壓抑著一絲不安的情緒，即使沒有任何蛛絲馬跡，但我能讀懂她臉上所有神情的細微變化。

聚會慶祝到一半時，小美消失了一段時間，問了身邊的人才知道，她似乎是跑去外面接電話。

突然一位站在身後的朋友有點不耐地說：「應該是男朋友打來吧。」

「對啊，我剛看她一直回手機訊息。」

「但很奇怪耶，她的表情看起來很害怕，吵架嗎？」

「妳不知道喔，聽說她男友喝醉會打人。」

一瞬間，身旁的人開始討論了起來，大家說了幾句後，紛紛轉過頭來看向我，似乎需要我的附和，我沒有繼續那個話題，裝作一副了解真相的模樣，叫大家不要亂猜。

不知道從什麼開始，小美的感情成了別人口中的話題，那個總是在人群裡最耀眼的古怪女孩，突然之間黯淡了起來，雖然維護著她，但心裡不禁疑問著：「小美，後來的妳，好嗎？」

過了一個禮拜，我和阿川說起了這件事，兩人決定約小美一起吃個

飯。那天，小美最後一個抵達餐廳，她左手打著一個石膏，說是前幾天不小心跌倒弄傷的，我和阿川沒有繼續追問，若無其事地看著菜單。但我看得出來，阿川臉上疑惑的表情。

幾個禮拜後的某天半夜，阿川突然打了通電話給我，和我說他在我家樓下。一見到面他劈頭就和我說，他從另外一位朋友的口中得知，小美左手的傷，是因為和男友吵架被推倒在地上後骨折；那天小美一個人去急診室包紮，遇到了那位朋友，也許是止不住害怕的情緒，才把這件事和他說。

那一個晚上，我和阿川坐在公園裡聊了好久。大部分的時候，我只是聽他說著，他無法相信，吃飯那天，小美可以在他的面前掩飾得那麼好；阿川的語氣中並沒有太多憤怒，我知道，更多的是沒說出口的失望。對小美，也對他自己。

但這天或許只是個導火線，真正的爆發點，是從那之後的巴黎之旅開始。

曾以為你是我的全世界，結果我錯了。
錯在把你和世界混為一談。

世界，其實是隔在我們兩個之間的距離。

後來的你，好嗎？

如果一段關係只靠一個人經營，那是苦撐，並不是所謂的順其自然。

以前覺得交朋友是這樣，所謂的好友關係應該是自然而然發生的。
但成長的路上，我發現那些所謂的「自然而然」，多少都涵蓋著彼
此的包容和退讓；那些看似完美的關係，過程中都藏著一個進和一
個退，無論是老友還是新的朋友，每段關係從來都沒有誰離不開誰，
只有誰不願意多花點時間和心思去經營這段關係。希望我們都不要
用離開的方式，去告訴另外一個人，這段經營並不是只有一個人在
維繫。

一去不復返的舊時光

如你如我。

後來的你選擇放下，
並不是因為累了，而是你終於懂了。
有些人和事，早已和自己沒了關係。

後來的你，還好嗎？

我們之間就像道簡單的數學題，

你將自己化為零，無論我付出多寡，得到的永遠都會是零。

看似簡單的題目，卻花了我好久好久才找到答案。

有多少次，你把那些傷痛說得雲淡風輕，
用開玩笑的方式去化解尷尬，
只為了不想解釋那些只有自己才懂的情緒。

青春裡的漣漪

兩人抱在一起痛哭了好久，只是一個哭的是失去，
另一個，哭的是遺憾。

「這是我最後一次幫妳了，如果妳還是選擇繼續被傷害，我不會再說任何一句話。」

當時我們三個站在巴黎的塞納河前，阿川對著小美說完這句話後，轉身就走。

看著阿川頭也不回地走，我並沒有叫住他，或許我內心也希望，這次小美能真正地醒來。

一個多月前，阿川和我說小美隱瞞傷勢的那晚，我和他說，這件事情還是有必要和小美問清楚，不然拖到最後只會越來越嚴重。

我們約在阿川的工作室碰面，叫了滿桌的外送和幾瓶紅酒；三個人偶爾聊起過去好笑的回憶、偶爾感嘆這些年的變化，大部分的時候只有我和阿川兩人舉杯同喝，小美則是以水代酒。可能是喝得有點多了，阿川轉頭對著一臉清醒的小美舉杯說：「以前的妳不是很愛找我喝嗎？來！這杯敬以前的妳。」

阿川一飲而盡後，滿臉通紅地盯著小美，小美低頭不語，兩人沉默了好一段時間，空氣裡深沉的呼吸聲讓氣氛顯得格外緊張。我雙眼來回移動著，看著阿川和小美兩人僵持不動的神情，直到阿川再次把酒倒滿。突然間，小美拿起剛倒好的酒杯，一口氣喝完後便打破了僵局，她低著頭說：「你不是也曾經在我的生命中消失了很久

嗎？」

聽著小美把藏在心裡的話緩緩說了出口，像是一道已結痂的傷口，仍然在看不見的靈魂某處刺痛著；為了讓自己不再疼痛，選擇用傷害自己的方式來麻痺自己。

阿川沒有說話，起身從背後一手把低著頭的小美抱在胸前，輕輕地把臉靠在小美的頭上，小美突然大聲地喊著：「趙又川，你真的是我這輩子最重要的朋友，你知道嗎？」

「我知道，妳在我心中比誰都還重要，所以我才希望妳能好好的。」

阿川說完這句話的同時，淚水從臉頰兩旁滑落，像是年少午後的那場大雨，激起了青春裡的漣漪。兩人抱在一起痛哭了好久，只是一個哭的是失去，另一個，哭的是遺憾。

那天之後，小美似乎也下定決心和男友提出分手。當然整個過程並非想像得那麼容易，提分手那天，男友把家裡看得見的東西幾乎砸了一遍；當時我和阿川兩人在樓下等著，看見小美傳來的照片，二話不說地衝上樓阻止這一切，雙方激烈衝突了一番，男友因為抵不過我們兩個人的力量，最後直接甩門而走。

狼狼地收拾完行李，小美先到我家暫住了一段時間。

兩個禮拜之後，阿川正好要去巴黎出差，邀請我和小美一起去，阿川對著我們說：「一生一定要和心愛的人去過一次巴黎。」

說是正好公司額外提供了兩張免費的機票和住宿，但我知道，那些費用全是阿川自費出的；目的其實很簡單，就是讓小美遠離傷心地，給自己一個重新開始的機會。於是我們三個人決定來個好友旅行，一起去一趟屬於我們的巴黎。

剛到巴黎的前幾天，阿川早上幾乎都忙著和音樂公司開會，我和小美兩人也沒閒著，逛完美術館後，坐在瑪黑區的街角咖啡廳看著來回的路人，享受巴黎人生；也是在那個時候，我發現小美偶爾會小心翼翼地回覆手機訊息，我沒有多問，心想或許只是在和其他朋友分享巴黎的旅行。

那幾天的巴黎之旅，小美在社群上即時發布的照片，大部分都只有她的獨照，偶爾零星出現我和她的合照，但從來都沒有出現阿川。不知道的人，會以為這是一趟只有我和小美的旅行，但當時阿川忙於工作並沒有注意到這件事，我也沒多想。

一直到幾天後，阿川的工作終於大功告成，我們三個人坐在一間小酒館慶祝。途中，我上傳了一張好久不見的三人合照，晚餐結束後，我們走到了巴黎左岸，沿著夜晚的塞納河散步。沒多久，小美突然

118
｜
192

後來的你，好嗎？

走到一旁接電話，電話那頭是男友打來的，因為他看到小美和阿川的合照，兩人便在電話裡吵了起來。

那時候，我和阿川才知道，原來這段時間，小美和男友依舊有聯絡，而小美似乎還是捨不得這段感情。夜晚的塞納河旁，阿川幾乎斷了所有的理智線，像是一場突發性的暴雨，將青春歲月裡的痕跡都徹底地淹沒。

阿川轉身離開後，我們一直到搭機回家的那天，才再次看見他。

或許，你可以學著去擁抱自己

我很常在網路訊息裡，收到詢問感情的問題。雖然我都盡可能地去回覆，但感情這種非常「客製化」的事情，真的很難靠單方面的口述，去判斷問題出在哪。

身邊朋友的戀情，當然包括我自己的過往，無論結局幸福與否，感情中出現的問題終究會回歸到自己的身上。我說的「問題」並不是「錯誤」，而是你本該對自己擁有的主導權，主導著你面對事情的真實情緒；試著擁抱自己，不再用過去別人對你的傷害來加重懲罰自己。

用這種理性的方式去探討感情問題，很容易得到這樣的回應：「你說的我都懂，但我就是做不到。」
這我當然理解，因為我也是個普通人。換作是我遇上了，肯定也是需要花時間來整理，畢竟那些曾經愛得深刻的日子是真的，雖然最後分開的結局也是真的。

我身邊有個朋友，幾年前被未婚夫劈腿，情傷了半年後，告訴我她痊癒了。看著她一臉無所謂的表情，我心想根本是奇蹟；但當時的我知道，她只是把悲傷的感覺隱藏得比較深一點，當時我自知說再

多也沒有用，或許這就是屬於她療傷的方式。兩年過去了，後來她又談了一場戀愛，不過，最後也是以分手收場。儘管我想給她一些陪伴和安慰，她依舊一臉無所謂的模樣告訴我，她沒事。

看著她若無其事地吃飯，我實在是忍不住，脫口說了一句：「要難過就難過吧，誰遇到這種事情不會崩潰。」
她說：「我沒事，而且是我提分手的。」

過了一會，我回她：「我說的並不是這段感情，是妳前未婚夫劈腿的事情。」
也許是太突如其來，讓她沒有防備，沉默了幾分鐘後，她眼眶突然泛起了淚水，我溫柔地說了一句：「想哭就哭吧，會難過又沒關係。」

聽完後，她眼淚像是大雨般灑落。那天，我陪她坐在餐廳裡哭了好久，我心想，這或許才是她這段時間心底真正的感受吧。

在那個不安慌張的階段，我們都急著找尋答案，找不到時就用過去來懲罰自己；卻忘了，問題終究會回歸到自己的身上，擁抱了許多別人給你的悲傷，卻忘了擁抱自己。

在那個人出現之前，你就盡可能地好好愛自己。

但這並不是告訴你，在那個人出現之後，你就要盡可能地對自己放棄；而是當你懂得愛自己之後，才有愛人的能力。

即使未來的某天，我們還是有可能會在愛裡受傷害，但你終將學會，不再拿過去的錯誤來傷害值得被愛的自己。

那天你問我，關於感情，如果忘不掉怎麼辦，該怎麼做？

我也是一個平凡人，哪能說忘就忘。我只能試著告訴我自己，如果真的忘不掉，就先暫時擺著吧。

你曾在愛裡嚐過最甜蜜的滋味，椎心之痛的感受也是戀愛的必經過程，我們每一個人都無法跟它討價還價。悲痛，也是教會你如何面對往後日子的老師。

太多時候，在你還很在乎的那段日子裡，越是勉強自己去忘記，回憶的輪廓就越是清晰。如果有天淚流完了，想起了日子還是要過，就試著去讓自己變得更好吧。超越原本的自己，不為了誰，只為了自己。

因為我相信，你值得遇到一個更好的人。

最糟糕的，並不是你失去了一個很愛的人，
而是你為了一個不值得的人，失去了自己。

有些人，不斷懷念過去，不一定是曾經的那些風光明媚，
而是眼前的日子讓人感到徬徨和不安。

ULICA
HLAVNÁ

選擇

每個人都有屬於自己的方向，如果步伐不同，
一個人行走，或許才是最好的自由。

從巴黎回來之後，阿川和小美兩人開始漸行漸遠，雖然依舊是朋友，只是不再像從前那樣什麼事都會和彼此分享。

我曾問過阿川，他和小美之間的關係，他只和我說，那是小美自己的選擇，他已無力再思考這件事。

十幾年的情感，用一句話帶過，我知道，阿川藏在心底最深的，是不想讓人看見的傷。

那幾年，阿川開始背起背包，獨自去了許多地方旅行，再見到他時，大部分都是聽他專心分享旅途中的故事。他看似有神的瞳孔裡，最讓人無法忘懷的，並不是什麼勇敢或獨立的堅定，而是一股隱藏其中，悲傷又孤獨的模樣，像是一場無法停泊的流浪，不斷漂流在遠方。

偶爾他會問起小美的近況，但大多數也只是平淡地帶過。這之間，我常常收到阿川寄來的明信片，看似簡單描述著旅途中的日常，字裡行間卻隱約帶著對於生活的遺憾和思念。我從來沒問過他是否也有寄明信片給小美，那是我一直很好奇的事。

最後一次和阿川聯絡是在小美和男友決定訂婚的那天，當時他正在布達佩斯旅行，我思考了非常久，決定還是讓他第一時間知道這個

後來的你，好嗎？

消息。收到訊息後，他已讀不回了好幾天，才終於回覆我——

「這幾年，我在旅行裡學到一件重要的事情，就是每個人都有屬於自己的方向，如果步伐不同，一個人行走，或許才是最好的自由。」

阿川告訴我，無論幸福還是悲傷，那都是自己的選擇。

我已讀之後沒有回覆，當時的我並不知道，那是我和阿川最後一次的對話。往後每當思念他時，我便開啟對話窗，心裡想著，願那些言不由衷，此刻都能自由地飛翔。

或許真如他所說的吧，無論幸福還是悲傷，本該都是自己的選擇。

他的感情，他的選擇

這幾年我學到了一件非常重要的事情，別人的感情事別隨意插手，關係再好也一樣。

年輕的時候，我算是一個非常雞婆的人，朋友遇到任何事，只要我能幫忙的，一定挺到底，包括感情上的問題也是。

那時候，身邊的朋友遇到了很糟糕的對象，他向我訴苦，並說著自己很想離開對方；也許是害怕提分手，也許是對分手後的日子感到迷惘，於是一直陷在這種痛苦的無限循環中。我不忍心看著朋友這樣難過度日，所以在他的同意之下，傳了封訊息給他的另一半，試圖替朋友出一口氣。那段來回掙扎的日子裡，我在身邊陪他，偶爾說些故事開導他，但那個時候，我也許還不懂得分辨，對方傾訴的究竟只是抱怨，還是他真心需要幫忙。

在他們關係不好的那段日子裡，你可能是支援這場戰役的英雄；後來有天，他們的問題和緩了起來，兩人再度重修舊好，你卻成了破壞這段關係的始作俑者。

相信友情的人很多，包括我也是，但選擇愛情的人也許更多，這是

後來的你，好嗎？

我很後來才知道的。

所以現在的我總是告訴自己，當個完美的傾聽者，在他需要的時候，陪在他身邊聽他抱怨、訴苦就好。因為無論那段感情如何，最後要快樂還是悲傷，都是每個人自己的選擇。你只能讓他自己做出決定，他們的感情，跟你沒有太大的關係。

單身這個狀態，並不是讓你放棄自己的藉口。

這段時間，你就好好地去瘋，好好地去享受；認真吃飯、努力運動；打扮好自己，去一趟充滿驚喜的旅行。

做一個溫暖的人、愛笑的人、容易被感動的人；你要好好照顧自己，會有個人穿過人潮洶湧來到你身邊。

朋友在我生命中佔據了很大的一部分。

有個人在看過你的黑暗面後，卻還是依舊陪著。

他不曾改變你宣洩情緒的方式，也支持你可能會失敗的夢想；你有不完美的地方，你的朋友也有，你們甚至因為這些別人不懂的模樣而聚在一起，你們看透彼此，也堅定地站在對方身邊。

對我來說這就是一種友情的至高體現。

一直到現在，我始終相信，
會在一起的人最後終究是會走在一起。

該來的總是會來，該走的就是會走，無法強求，
有些人注定繞了個大圈最終還是回到身邊。

難忘的是相遇，最美的都是好久不見。

溫暖你的，從來都不是字裡行間的用字遣詞，
而是一直以來，他用盡了各種說法，只為了告訴你某件事。

那就是，希望你一切都好。

後來的你，好嗎？

那首熟悉的老歌

I see friends shaking hands,
sayin':"How do you do?"
They're really sayin':"I love you"

小美待在布達佩斯的第二個星期，除了偶爾傳來的照片和訊息，我們通電話的次數也開始變少了。大概是逐漸習慣了一個人的步伐，這感覺我大概能理解，從混亂不安需要人陪的狀態，一直到獨自一人的安靜，這段過程我也和小美同步地經歷著。

那天半夜，小美突然傳了一段影片給我，影片裡有個街頭藝人正站在多瑙河前唱歌，夕陽將河畔披上了一層粉紫色的浪漫模樣，路過的人們來來去去，三三兩兩的朋友和情侶們，彼此相依偎地圍繞在一旁。

河畔前的男孩正唱著一首熟悉的老歌——

"I see skies of blue, and clouds of white
我看見湛藍的天空和潔白的雲朵
The bright blessed day, the dark sacred night
燦爛又擁有祝福的一天，幽暗聖潔的夜晚
And I think to myself
我不禁心想
What a wonderful world
多麼美好的世界啊
The colors of the rainbow, so pretty in the sky
彩虹的顏色，在空中看起來多麼的美麗

Are also on the faces, of people going by

在路過的人們臉上也有同樣美麗的色彩

I see friends shaking hands, sayin', "How do you do?"

我看見朋友們彼此握著手，問著「你好嗎？」

They're really sayin', "I love you"

他們內心其實在說著「我愛你」

小美最後在訊息裡和我說，其實幾個月前，她收到了阿川從布達佩斯寄來的明信片，內容大致是這樣——

「嘿，美，好久不見，妳好嗎？今天在多瑙河旁聽見了一首歌，於是想起了妳，聽說妳要訂婚了，無論如何，我想我還是要祝妳幸福。」

那天小美獨自站在多瑙河前思念著過往。時間，在這裡不再只是存在於指針上的計算工具，它像是倒映在河畔上的波紋，徜徉在片刻的當下。小美打開了手機相簿，看著幾年前，阿川傳到群組裡的一張自拍照，照片裡的那個男孩，張大的眼睛笑著，神情像是被時間畫上了一道長痕。

每天傍晚，小美說她都會來多瑙河旁散步，大部分的時候，只是漫無目的地尋找著，一直到今天，她聽到了這首歌才停下了腳步。
她知道，阿川曾經也停留在這個位置，和她思念著同一段回憶。

（文中歌詞引用自 Louis Armstrong《What a wonderful world》）

對話

高中的時候，認識了一位很照顧我的學姐。印象中的她是一位愛情大師，在朋友圈裡就像個天使，任何人遇到了感情挫折，她總能溫柔卻又不失力道地點醒你。陪著你度過那些從大哭到憤怒的分手期，再讓你從失去信心回到重新擁有愛人的能力。學姐其實是個吃貨，她常常在部落格上和大家分享各式美食，但一直以來，她的感情狀態就像個謎，沒人聽她提過，只有偶爾會在她的部落格裡，看見她用一張甜點照，配著一段關於思念的自語。她畢業的那天，我也正好結束了一段感情，晚上我們到了一間她最愛的餐廳慶祝。

學姐知道我最近的感情狀況，她看著我說：「最近還好嗎？」
我想了一下問道：「妳覺得人被傷害太多次之後，是不是就真的很難再相信愛啊？」
她思考了一下和我說：「我覺得那跟愛本身並沒有太大的關係。很多時候，可能是因為你受到了太多傷害，所以越來越難分辨那是不是愛。」

我問：「那要怎麼分辨？」
「你只能多試幾次。」學姐若有所思地說著。

當時的我反問：「那妳呢？不是聽說有個學長在追妳，妳不試試嗎？」

學姐冷冷地說：「不喜歡的，要怎麼試？」

我耍嘴皮子地回：「不試，怎麼知道有沒有機會。」

後來，學姐和我說了一段話，我至今還是印象深刻。

「真心想吃的東西，如果買不起，那就努力賺錢再來買；不想要的，再便宜也不要，最後只會變成負擔。生命中有許多事別將就，愛也如此，別誤了別人，也別虧待你自己。」

長大後，越簡單的事情越容易打進心裡，
像是一顆堅強太久的心，

最後因為一句簡單的問候而淚流滿面。

曾經受過的傷並不會消失，它只是變得不再那麼痛；
你只能讓自己變得更強大，

才能帶著那些傷口繼續生活下去。

十年，像是一顆長鏡頭，變化彷彿也只是一個瞬間。

哪來那麼多如果，

有時一個失去，就成了永遠。

有一種思念，穿越了時間和距離到了夢境，
雖然短暫卻無盡深刻，輕輕地刻畫在靈魂深處裡。

一直到那個重要的人離開後，才發現，
或許有些勇敢，是某些人用盡全力換來給你的。

無論如何，都要幸福

無論途中有多少幸福和悲傷，不禁想著，
能一起走過那些日子，是多麼美好的世界。

一個月後，我坐在廚房裡看著小美寄來的明信片。這個禮拜是出版社的最後截稿時間，我打開了電腦，準備把故事的結尾寫完；倒了一杯酒，背景音樂正循環播放著那首老歌《What a wonderful world》。從沒仔細聽過這首歌，我閉上了雙眼靜靜地聆聽，彷彿在這個夜晚裡，有位老友正隨意地哼起了一段青春；誰會知道唱片行裡的初次相遇，會開始這麼一段故事，無論途中有多少幸福和悲傷。不禁想著，能一起走過那些日子，是多麼美好的世界。

我把小美寄來的兩張明信片貼上冰箱，緊貼在阿川的明信片旁，一張如我所願的，是鎖鏈橋上的多瑙河。鎖鏈橋連接著曾經的兩座獨立城市——布達和佩斯，跨越了深藍色的多瑙河，變成現代人們熟悉的那座合而為一的城市——布達佩斯。

另外一張是今天剛到的，明信片上是一處平凡小鎮，寧靜街道旁的樹葉被季節染成了一片金黃，身後躺著一座巨大無比的雪山，像是睡著般的溫柔模樣。

那是阿川最後走過的地方，小美獨自來到了山腳下，她望著山峰上的白雪，思念在那天開始，化作了天空上的白雲，化作了融雪後的水；她知道這段路，阿川就陪她到這裡了，往後的日子，無論如何，都要幸福。

故事就要結束了，十幾年不長不短，卻因為曾經有你的存在而完整
了我的青春歲月，我一直深信，故事也會從這裡開始，我寫下了最
後的書名。

《後來的你，好嗎？》

以此紀念，曾經生命中最重要的朋友。

不要用冷處理的方式對待在乎的人，
問題不會在不說不問的日子裡被解決，
它只是在等待日積月累的某天，
爆發一場難以收拾的傷害。

失去朋友的感覺，並不比失戀容易。

願你的深情不被辜負，願餘生的孤獨有人懂。

後來的你，好嗎？

並不是堅持就會變勇敢，

被愛過的人，才會變得強大而勇敢。

後來的你，好嗎？

如果思念有模樣，

那是天空，是月亮，是海洋和你的臉龐。

番外篇．

親愛的明明．

我吃過滋味最好的麵

「親愛的奶奶，在最後的那段日子，每當我陪在妳身邊時，發現妳雙眼總是直直地看著前方，嘴裡反覆發出微弱的聲音；雖然妳對我的陪伴沒有任何回應，但我相信，住在軀殼裡的那道靈魂，知道眼前的我是誰吧。」

幾年前，奶奶因為年紀大了，記憶力開始出現退化的現象，檢查之後，發現是阿茲海默症的前兆，雖然使用了藥物控制，奶奶的記憶在後期還是退化得越來越嚴重。漸漸地，她開始會忘記家人的名字，但叔叔和我說，那段時間，奶奶從來都沒有忘記我的名字，常常喊著她想見我。當時我因為在拍攝旅遊節目，大多數的時間都不在臺灣，奶奶會請叔叔打視訊電話給我，電話裡，奶奶總是叫著我的小名，和我說有空就早點回家陪她。

回到臺灣後，忙碌著照顧輪椅上的父親以及工作，這當中，奶奶還是會打電話給我，我們聊了幾句後，奶奶總是嘆著氣不再說話，大部分的時間我們只是沉默，像是拿著電話陪伴對方。

那天，我在電話裡和奶奶說，我現在就去找她，聽著她像個孩子般地回應時，心裡突然揪了起來。奶奶的家在永和，當我的機車騎到

後來的你，好嗎？

福和橋上時，看著熟悉的景象，我想起生命中和奶奶一起共度的那段深刻回憶。

我是在臺東出生長大，奶奶和其他親戚們都住在臺北，所以在我童年的記憶裡，我們並不是很常見面，奶奶，對我來說只是我住在臺北的奶奶。印象裡，她說話的口音很重，其實很多時候我並不是都聽得懂，但還是會拚命地一面聽一面點頭；她走路非常慢，常常我們不小心走得太快，回頭才看到奶奶加緊腳步跟著我們，長大之後我才知道，步伐慢不是因為年紀的關係，而是因為奶奶年幼時曾經裹小腳。

我真的開始認識奶奶，是我上來臺北唸書，搬來和奶奶同住的那段日子，當時家裡也住著其他的親戚。

剛到臺北的時候，對許多事情感到不適應，例如同學們討論的流行話題、城市生活的節奏步調，還有討人厭的某些大人。好幾次，我晚上會偷跑到巷口的投幣式公共電話，哭著打電話給媽媽說想搬回臺東，每次都在父母親的鼓勵之下，一個人走回奶奶家的小房間裡，就這樣度過了好幾次想逃離臺北的挫折。

那時候，除了學校裡幾個非常要好的朋友以外，會陪我聊心事的就是那個口音很重、走路也很慢的奶奶。

臺北的日常花費真的很貴，家裡給的零用錢其實不夠用，但我沒有跟爸媽說，因為我知道家裡也沒什麼錢。有天放學回家，我看見廚房餐桌上擺著好多餅乾和洋芋片，等不及晚餐的時間，我一口氣吃了半罐的洋芋片和好幾包小餅乾，隔天放學回家，正想再找些食物時，發現廚房裡的餅乾突然全都消失，正當我還在尋找餅乾消失的蹤跡時，聽見奶奶從房間踏著緩慢的小腳走了過來，輕聲地和我說，餅乾是我親戚買給她孩子吃的，昨天晚上，她發現我吃了一些後，就把餅乾都收進房間裡。

接著，奶奶二話不說她直接一手把我拉著，跟著她慢慢地走進廚房，她打開冰箱，跟我說她今天去市場買了些東西，冰箱裡擺滿了各式各樣的肉類和蔬果，頓時，我整個眼睛都亮了起來。

一個眨眼的瞬間，奶奶指向中間那層的角落邊，跟我說這是今天早上她用自己的錢，去市場買的一些麵條和青菜，以後如果肚子餓，隨時都可以拿來煮，其它都是他們的，不要動。

接著奶奶嘴裡一連串地飆出了幾句髒話：「X你個X，有夠小氣，真他X的X。」
我發誓，那是我第一次覺得奶奶豪邁的山東口音，真他X的帥爆。

罵人的話才說完，奶奶便開口問：「餓了沒？」
「嗯。」我看著冰箱裡麵條以外滿滿的肉和水果，咽了一口口水。

接著奶奶煮起了一鍋水，滾燙後，俐落地下了手中一團新鮮手工麵條，鍋裡的水迅速冒起了白色的泡沫，小巧的手拍掉了一些麵粉，握起了一雙長長的木筷子，來回攪動著鍋裡的麵條幾下，隨後，抓起了一把青菜，丟進鍋裡拌煮，像是煮了一輩子那樣，奶奶從沒看過錶上的時間。冒著熱氣的彈牙麵條盛上碗，最後再淋上香氣十足的蠔油，材料如此簡單，卻是我這輩子吃過滋味最好的麵。

我趕不及拿到餐桌上，端著麵就開始吃了起來，大概是太燙又狼吞虎嚥的模樣，奶奶抬頭看了我一眼，卻突然笑了出來。

「嘖，傻小子，奶奶在家，你看以後誰敢欺負你。」說完這句話，奶奶走到一旁點起了一根菸，瞇著雙眼，吐出了一道深遠又神氣的

姿態。

那天，我和奶奶兩個人在廚房裡，一起罵著討人厭的大人，左一言右一語地罵著，一直罵到兩人都笑了出來才罷休。

「親愛的奶奶，妳知道嗎，我現在可以如此堅強地在臺北生活，是因為從那天開始，妳給了我好多勇氣去面對討人厭的事情，是妳陪著我度過了我生命中如此重要的時刻。

後來的妳，或許記不太得了，但是我會連同妳的那一份回憶一起好好地勇敢走下去喔。」

後來的你，好嗎？

即使再慌亂的生活，心底總有個位置，安穩地放著某道思念。
可能是一個人，也可能是一段想到嘴角會上揚的回憶。

那些青春裡的一去不復返，其實都不曾消失，無論好的壞的，
它終究化作某種力量，陪著你我繼續往前。

後來的你，好嗎？

不要忘了每個幫助過你的人，
也不要討好任何的冷漠。

人與人之間，
碎裂的信任是最難贖回的東西

嘿，不要擔心，幸福永遠不會缺席，
它只是偶爾遲了些。

成為一個完美的人，過一個電影般的完美生活，
這些或許都只是理想。

完美，只是一個代名詞。能盡可能地去面對所有的不完美，並將它
視為生活中的一部分，才能將那代名詞化為真實。

所以我試著去接納自己所有的一切，包括那些人們口中的不完美，
因為這也是造就我的重要部分。我不是說我不再去追求那所謂的完
美了，只是我不再只是想著所有的事都得盡善盡美，

缺憾，有時也會成為生命中巨大的力量。

謝謝妳來過我的生命

日子如風，伴隨著四季吹拂。

還記得那年我握著奶奶的手，吵著要她再說多點年輕時候的故事，
她的童年和她的愛情，那些像是被封存在木製相框裡的歲月，全都
成了風裡的一頭白髮。

後來，她的沉默多過了語言，偶爾會忘記自己身在何方，在那幾年
看似遺忘的時光裡，從沒人知道，奶奶發呆的時候，在想些什麼。

我看著奶奶最後的身影，還沒說完的故事，如今都化作了風，伴隨
著思念回到了土裡。

我親愛的奶奶，謝謝妳來過我的生命中，那些回憶將成為日後的歲
月靜好。

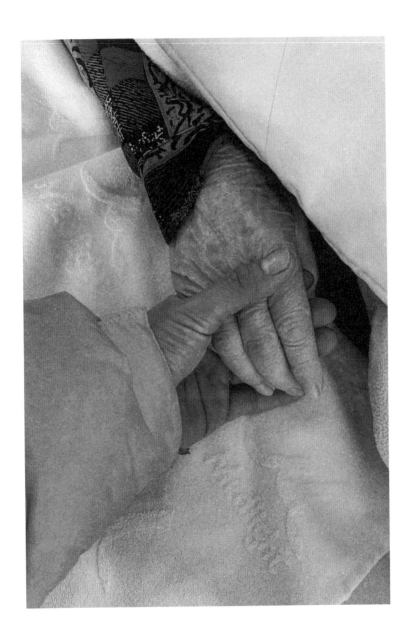

親愛的奶奶，離別來得好突然，
來不及和妳道別，我坐在這裡想寫些話給妳。

很抱歉，沒寫下唯美的句子，
但我真真實實地想念著妳好久好久……

這世界上有很多種離別。

最遺憾的，是還來不及說一聲再見，
就再也沒見過了。

想成為更好的自己，你該學著在沒人看見的時候，
依舊保持自己原本的節奏。

不在別人面前急著逞強，也不再因為別人過得比自己好而焦慮。
接受自己最弱的那一面，

這段路上，可能走得比較慢，
但你最終會走上自己的軌道。

無論你要去哪，希望接下來的日子，
你能活成自己最愛的樣子。

唯心 VRS0018
後來的你，好嗎？

作　　者—Peter Su
封面設計—Peter Su
內頁設計—Peter Su
內頁完稿—Orank
專案經紀—很好聯想有限公司
特約編輯—劉又瑜
責任編輯—施穎芳
責任企劃—田瑜萍
妝　　髮—Sundia
特別感謝—陪我上山下海的 MO（Instagram:mohftd）

總編輯　—周湘琦
董事長　—趙政岷
出版者　—時報文化出版企業股份有限公司
　　　　108019 台北市和平西路三段二四○號二樓
　　　　發行專線　（02）2306-6842
　　　　讀者服務專線　0800-231-705、（02）2304-7103
　　　　讀者服務傳真　（02）2304-6858
　　　　郵撥　1934-4724 時報文化出版公司
　　　　信箱　10899 臺北華江橋郵局第 99 信箱
時報悅讀網—http://www.readingtimes.com.tw
電子郵件信箱—books@readingtimes.com.tw
時報出版風格線臉書—https://www.facebook.com/bookstyle2014
法律顧問—理律法律事務所　陳長文律師、李念祖律師
印　　刷—華展印刷有限公司
初版一刷—2020 年 4 月 27 日
初版十二刷—2023 年 10 月 25 日
定　　價—新台幣 380 元

後來的你，好嗎？ / Peter Su 著. -- 初版. --
臺北市：時報文化，2020.04
　　面；　公分
ISBN 978-957-13-8177-0（平裝）

863.55　　　　　　　　　　　109004646